L'assassin
de papa

Souris noire

Collection dirigée par Natalie Beunat

Couverture illustrée par Olivier Balez

ISBN : 978-2-74-851407-0
© 1989, Syros
© 1997, Éditions La Découverte et Syros
© Syros/VUEF, 2003
© Syros, 2006, 2013

Malika Ferdjoukh

L'assassin de papa

SYROS

Pour Bernard et Gérard,
deux hommes en or.

– Bonjour, monsieur. C'est... pour apprendre à écrire.
– Lire, écrire, compter...?
– Écrire, seulement. Ce sera long?
– Ah, ça dépend de l'intelligence de l'enfant.
– Oh, il est très doué, monsieur.
– Quel âge a-t-il?
– Trente-deux ans, monsieur.
– Il est en retard.
– C'est de la faute à mes parents.

Dialogue entre Maurice Chevalier et le maître d'école
Léon Morton dans le film *Avec le sourire*
de Maurice Tourneur (1936)

Prologue

Depuis deux semaines, les journaux ne parlaient que de lui. Le tueur de Passy. Personne ne savait quelle tête il avait, comment il échappait à la police. Il en était à son quatrième crime et il courait toujours.

Quand je dis que personne ne connaissait sa tête, c'est faux. Mon père savait. Il l'avait vu. Mais mon père ne pouvait rien dire pour la bonne raison que les flics et lui, il vaut mieux qu'ils ne se rencontrent pas...

1

Mon père et moi, on habite les beaux quartiers de Paris. Le seizième arrondissement. Très chic. Entre Ranelagh et Auteuil, on croise régulièrement Mme Topart de La Villefleu, les demoiselles Des Griettes... Du beau monde! Mon père échange avec elles ses vues sur la météo.

Ça c'est avenue Mozart. Rue de l'Assomption, c'est avec le vieux colonel Potron-Jaquet que mon père parle de la Bourse, devant la boutique de Ratif, l'épicier arabe. Je n'y comprends jamais rien : actions, obligations, second marché... Du chinois, pour moi!

Le colonel est très riche. Il parle toujours de ses six caves. Je me dis qu'un type qui a six caves, mince! il doit avoir un de ces appartements!

Nous, on n'a pas de cave. On n'a même pas d'appartement. L'été, papa et moi, on dort sous le pont de Grenelle, où coule la Seine. L'hiver, s'il gèle, on loge chez Mona, une copine. Elle est concierge, place de la Muette. Un deux pièces qui sent le beignet de morue, où on est réveillés par la sonnette de l'immeuble et la circulation. Mais il y fait chaud, et Mona est très gentille. Elle est portugaise et toute rose. Ses robes, son maquillage et même ses yeux, autour des paupières, sont roses.

Ce printemps, comme chaque printemps, Mona nous a dit:

– Ch'est la chaichon du beau temps... Le choleil, i révient...

On sait ce que ça veut dire, papa et moi. Ça veut dire que Mona, elle ne va plus nous garder et qu'on doit quitter la loge de la Muette. C'est entendu entre papa et elle.

Au mois de mai, donc, on a pris nos cliques et nos claques et on s'est retrouvés sous notre bon vieux Grenelle.

Mais attention, on ne couche pas dehors! On a trouvé mieux... Une vieille péniche grinçante dont la peinture feu rouge est passée à l'orange de la rouille. La cale prend l'eau et notre première activité, à bord, c'est d'écoper, à la bassine, tout le gel fondu de l'hiver.

Le plus dur, c'est les premiers jours du printemps, quand il fait encore frais, la nuit. On s'enroule dans des duvets (mon père les a escamotés chez Emmaüs).

Bon, me direz-vous, et l'école dans tout ça?

– L'école n'est pas obligatoire! rugit mon père. Je connais les textes, moi! C'est l'instruction qui est obligatoire, pas l'école!

Ça m'arrange plutôt. J'ai de la chance d'avoir un papa qui «connaît les textes»! Je suis certain que si la moitié des enfants savaient ça, les écoles resteraient vides!

Un jour, une assistante sociale a donné rendez-vous à mon père. Elle a dit que c'était i-nad-mis-si-ble, un garçon de mon âge devait être scolarisé, que des allocations familiales seraient versées, que plus tard il me faudrait un métier et ceci et cela...

En sortant, mon père a dit :

– Tu veux te retrouver dans une salle, assis toute la journée, à écouter des trucs que je peux t'apprendre ?

J'ai dit : «Oh non!» Rester enfermé des heures, ça ne me disait rien. Mon père m'avait raconté... Pas parler, pas bouger, apprendre des machins par cœur, des coups de règle sur les mains... Un truc dingue!

On s'est fait la malle sans avertir l'assistante sociale (elle doit encore nous chercher!). À l'époque on habitait à Neuilly dans un garage. On s'est retrouvés ici, au pont de Grenelle.

– Pas obligatoire! répétait mon père. Et l'instruction, je vais te la donner, moi!

Alors, il m'a appris à reconnaître les panneaux des rues, les affiches devant les cinémas. Il m'a aussi appris à compter. Ça, c'était facile. Il suffisait de classer les pièces de dix, vingt, cinquante centimes, de un euro, etc. Enlever, ajouter, c'était rigolo. J'ai appris très vite. On faisait ça tous les soirs, quand papa triait les sous que les passants avaient mis dans la boîte à Valda. La boîte à Valda, il la pose devant lui, dans le métro, sur le trottoir, sur l'esplanade de la tour Eiffel, et il attend que les gens la remplissent.

Plus tard, mon père s'est mêlé de faire ma culture générale. Il avait vu dans un journal (ramassé dans une corbeille du Trocadéro): «M. Machin, représentant. Bonne culture générale.»

Il s'est renseigné auprès de Mme Topart de La Villefleu.

– Culture générale? répéta-t-elle en tirant la laisse de son Bichon (Bichon voulait faire pipi sur une mobylette rouge. Madame essayait de lui apprendre le caniveau. En fait, elle frimait parce qu'il y avait du monde. Je l'avais vue, un soir, dans la rue déserte, qui le laissait faire ses bricoles contre la Mercedes du docteur Fombeur. Elle ne savait pas que j'étais là.)

– Culture générale? redit-elle. Bien, mon Dieu, c'est lorsque vous savez... ce qu'il faut savoir!

– C'est-à-dire?

– Bien, mon Dieu... la peinture, la sculpture, l'histoire...

Mon papa a tournicoté la mèche qui lui sert de cache-calvitie (chez lui, un signe de grande réflexion). Il était bouche bée. Toute la soirée, il a réfléchi, il a marmonné. Et puis :

– J'ai trouvé !

Il avait vu, dans un autre journal (trouvé porte de Molitor, celui-là), que le musée du Louvre était gratuit le dimanche.

C'est ainsi que, chaque semaine, on fit la queue devant les Antiquités romaines, assyriennes, égyptiennes. On alla voir la Pyramide, *La Joconde*, *Le Radeau de la Méduse*. Je finissais avec des cloques aux pieds, mais j'avoue que ça ne me déplaisait pas. Je passais des minutes entières devant le petit Osiris aux yeux verts, les amphores grecques du fond des mers.

J'avais du mal à croire que c'était vieux de cinq mille ans ! Je me demandais ce qui resterait de nous dans cinq mille ans... Une boîte à Valda avec dix centimes... Et qui vaudrait cher ! C'est ça qui paraissait incroyable !

Une fois, la dame en blouse qui gardait la salle nous a lorgnés de travers :

– Touchez pas ! s'écria-t-elle, dégoûtée.

Papa venait de gratter le menton doré d'une statuette intitulée *Scribe au turban*. Pour voir si c'était de l'or.

– C'est pas du vrai! dit-il.

– C'est un moulage, monsieur.

Regard pour regard, mon père a dit:

– Mais alors, y'a du faux dans ce musée?

– Des reconstitutions, monsieur!

– Des faux, quoi! Viens, Valentin, j'vois pas pourquoi on resterait où y'a rien que du mensonge!

On est sortis. J'ai beaucoup regretté. Papa a bien vu que j'étais déçu. Pour la peine, on a pris le métro.

En général, on évite le métro (sauf pour remplir la boîte à Valda) et on marche. Y'a qu'à suivre la Seine. Dans le métro, il faut payer. Mon papa ne veut pas faire comme ces gens qui sautent par-dessus le tourniquet. Il dit que c'est le meilleur moyen pour se créer des ennuis.

– Tu sautes le tourniquet, dit-il, et tu te retrouves en face d'un contrôleur qui veut tes papiers et t'envoie à l'école! S'peut même qu'on nous sépare!...

Moi, l'idée de l'école, ça me donne déjà le frisson, mais penser que je laisserais mon papa tout seul, alors j'en suis malade. Il me fatigue bien un peu, quelquefois, mais dans l'ensemble, on est copains.

Il me fatigue parce qu'il répète souvent les mêmes choses. Genre : on aura une maison, une vraie, avec des radiateurs, une salle de bains, un chauffage à thermostat (je ne sais pas trop ce que c'est) et tout ça. Il paraît qu'on en a eu, il y a longtemps… Mais c'est sûrement vieux car je n'ai presque aucun souvenir. Il dit aussi que, son chômage terminé, il reprendra du poil de la bête. Petit, ça me faisait rigoler : j'imaginais mon papa avec des poils de bête partout sur les bras et les jambes. Mais bientôt je ne rigolais plus. Il en parlait tristement. Et ça faisait un bout de temps, maintenant, qu'il rabâchait ! Déjà à Versailles…

Versailles, je m'en souviens pas bien. Il y avait maman. Je me rappelle juste quand elle me lavait les cheveux. La serviette douce et parfumée. Elle était blonde, maman, et il me semble qu'elle était jolie.

Et puis, petit à petit, la serviette est devenue toute rêche. Plus de parfum, juste des trous et des effilochures. Papa restait à la maison. Maman était au lit. Puis elle est morte. On est restés tous les deux, avec papa. Mais un jour, il m'a emmené à la campagne, chez des gens. Je n'aimais pas.

Quand papa est revenu, il n'avait toujours pas de travail mais il avait trouvé une maison. Une maison avec un drôle de nom : le «squat», il appelait ça. Il y avait d'autres familles avec nous. Je n'aimais pas.

Puis ce fut le garage de Neuilly. Enfin, papa a trouvé la péniche. Ensuite, il a connu Mona. Et voilà.

Je ne sais pas pourquoi je repensais à tout ça, ce jour-là, dans le métro. Les affiches de publicité, peut-être. Je trouvais qu'on y voyait beaucoup de papas et de mamans et d'enfants, tous joyeux, tous avec le sourire. Mon père continuait à parler, je ne l'avais même pas écouté.

– Prends jamais le métro sans ticket, ressassait-il, sinon, adieu tous les deux...

J'avais compris. C'est comme l'école. Personne ne le savait. Ni Mme Topart de La Villefleu, ni le colonel Potron-Jaquet. Personne.

Le matin, on part, papa et moi, remplir la boîte à Valda. D'instinct, on évite les flics. Mon père n'a pas son pareil pour renifler un uniforme (ou même, un uniforme sans uniforme!). Un jour, nous étions assis sur les marches d'un square de Bir-Hakeim. Mon père ronchonnait : deux heures que la boîte à Valda restait vide. Un monsieur en veston a montré sa carte rayée bleu-blanc-rouge :

– C'est à vous ?

Il parlait de moi.

– Quoi ? dit papa, faisant celui qui se réveille.

– Cet enfant, il est à vous ?

J'ai senti mes mains se glacer. Mon père n'a pas perdu le nord.

– Je dormais. Qu'est-ce que tu fabriques ici, petit ? Tu cherches à me piquer mes sous ou quoi ?

J'ai pigé tout de suite.

– Non m'sieur, je veux pas vous voler. J'attends ma maman.

J'ai montré le Félix Potin d'en face. Justement, une dame en sortait. J'ai couru vers elle.

– Maman ! Je suis là !

En arrivant près de la dame, je ne lui ai pas laissé le temps d'en placer une :

– Mille pardons, madame… Le père François, à l'école, nous a demandé de faire une bonne action. Je peux porter votre sac ?

Éberluée, elle a souri :

– Ta BA sera de courte durée, mon garçon. J'habite à deux pas.

J'ai empoigné le panier, l'œil braqué de l'autre côté : mon père discutait avec le flic en veston, le flic regardait vers moi. Je me suis collé au bras de la dame en lui racontant n'importe quoi : que j'avais de mauvaises notes, que le directeur nous battait si on ne faisait pas au moins une bonne action par jour. Elle eut l'air effaré.

– On te bat ? répéta-t-elle, indignée. Mais quelle honte ! Où se trouve cette institution ? Mon mari est un ami du député…

Je me hâtai de la rassurer :

– Oh, il ne nous bat pas vraiment ! Une ou deux taloches par-ci par-là…

On arrivait chez elle. Le flic n'était plus là. Ni mon père. J'ai lâché le sac de la dame. Elle a sorti une pièce mais j'avais déjà pris mon élan. En courant le long de la Seine, j'ai rejoint le pont de Grenelle. Depuis, nous n'avons plus eu de problème avec la police, mais nous restons vigilants.

Mon papa et moi, on mange à notre faim. Pour ça, on a trouvé un système. Tous les midis, quand les marchands remballent leurs étalages, nous sommes les premiers à plonger dans les cageots de fruits et légumes perdus. Entre le marché d'Auteuil, celui de Passy, celui de Ranelagh, on fait nos «courses» chaque jour de la semaine, dimanche compris. On récupère des clémentines, des pommes, des pommes de terre presque entières. Il n'y a qu'à leur donner un coup de bistouri (comme dit papa), et hop, elles redeviennent toutes neuves! Mon papa est fin cuisinier. Ragoûts, compotes, fritures, tartes... il sait tout faire.

– Tu vois, dit-il, fier comme un pou. Les gens laissent ces malheureuses prunes parce qu'elles ont un coup de griffe... Mais attends voir... Ça va être Lenôtre!

Lenôtre, c'est le pâtissier de la rue d'Auteuil. Les gens sortent de là avec un tas de petites boîtes enrubannées d'or. J'imagine le chocolat fondant, les crottes en pâte d'amande, les mokas à la crème...

Mais les tartes de papa, sur le vieux Camping-gaz, c'est aussi quelque chose!

Une fois, une seule, ça m'a pris... J'ai eu honte. Mon père farfouillant dans les débris de bananes... Oui, j'ai eu honte. Pourtant, les gens autour ne nous regardaient pas autrement que d'habitude, mais...

– Qu'est-ce que t'as? fit mon père en extirpant un bout de salami abandonné par le charcutier.

Il m'a lorgné. Il a deviné. Alors, il a montré du doigt un vieux qui faisait comme nous.

– Tu vois ce type? Tu sais qui c'est? Un riche du quartier! Si! Si!... Regarde-le... Comme ça qu'il est devenu rentier... Trois maisons et un immeuble à lui... C'est la gardienne du 12 qui me l'a dit... Il a honte, lui?

J'ai observé le mec riche. Sincèrement, mon père avait l'air du président de la République, à côté! Du coup, ça m'a requinqué et j'ai attrapé une caisse de feuilles de choux.

– Bravo, Valentin! dit papa. Au menu ce soir : potée toulousaine!

Tout aurait pu continuer ainsi. La péniche, les marchés, la boîte à Valda... Oui, tout aurait pu rester comme ça...

S'il n'y avait pas eu l'assassin de papa...

2

Le premier meurtre eut lieu il y a deux semaines. La une de *France-Soir* s'étalait à la devanture de M. Fuch, le marchand de journaux... La victime habitait avenue Théophile-Gautier, c'est-à-dire à un jet de chique de là.

– Abominable! dit Mme Topart de La Villefleu en triturant son collier de perles (du coup, elle en oubliait Bichon qui se soulageait sur le présentoir de M. Fuch).

Mon père opinait de la mèche. C'était juillet, donc les vacances scolaires. J'aime bien parce que je peux me montrer dans le quartier à n'importe quelle heure. Personne ne s'étonne.

Quelques jours s'écoulèrent... Le tueur s'en prit à une jeune veuve près de l'église d'Auteuil. Elle aussi, il l'avait étranglée avec la courroie de son sac à main, en pleine rue, à une heure du matin.

– Non, mais! dit Mme Topart de La Villefleu, vous pouvez me dire ce qu'elle fabriquait à une heure pareille, dehors? Une veuve!... Y'en a qui cherchent les tuiles!

Et pendant ce temps-là, Bichon cherchait son arbre...

Deux jours plus tard, une troisième femme. Rue Nicolo. Toute la presse titrait: «Le tueur de Passy» ou encore «L'étrangleur du 16e». Ça causait ferme autour du pont de Grenelle!

Et puis, hier...

Il faisait beau sur notre péniche. Papa était de bonne humeur. Il avait acheté ses boîtes de bière favorite (les touristes du musée Balzac avaient rempli deux fois et demie la boîte à Valda!). Il était même un peu gris. On digérait une divine friture de gésiers trouvés dans le bac de M. Pétrus, le boucher de la rue des Vignes. À propos, faut que je vous raconte notre histoire avec M. Pétrus.

M. Pétrus nous connaît bien. L'année dernière, il avait voulu donner des restes de bourguignon à papa. Fièrement, papa avait refusé :

– Je ne mendie pas, monsieur.

Mortifié, M. Pétrus avait rangé son paquet en marmottant :

– Excusez... Comme je vous vois passer souvent avec votre fils... je pensais...

Papa a payé le bourguignon (il engloutissait notre fortune de deux jours). Le boucher a fait un signe à sa dame, la caissière. J'ai bien vu qu'il baissait le prix.

– Pourquoi tu as refusé ? demandai-je en sortant. On aurait pu l'avoir gratis !

– Je ne mendie pas, mon garçon.

– Et la boîte à Valda, alors ? C'est quoi ?

Mon père encaissa. Puis il répliqua :

– Ça n'a rien à voir. On *sollicite*. Ce n'est pas du tout la même chose !...

Franchement, je ne voyais pas la différence.

Une autre fois, M. Pétrus avait fermé boutique, mais il sortit au moment exact où papa farfouillait dans un carton plein d'os.

– Je… vous étiez fermé, balbutia mon père. Je cherche un os pour le pot-au-feu…

C'était faux. Je le savais. M. Pétrus le savait. M. Pétrus n'a rien dit. Mais à partir de ce jour, on a toujours trouvé un paquet au fond du carton. Des côtelettes ou du bœuf à braiser ou des cuisses de poulet, parfois un grand steak, très soigneusement enveloppés.

Donc, hier, c'était des gésiers. On s'était régalés. La péniche tanguait doucement. Parfois, la Seine s'illuminait brusquement au gré des bateaux-mouches qui glissaient dans un flamboiement de phares, comme des dragons à vapeur.

– Paris, c'est la plus belle ville du monde, dit mon père. Mieux vaut une péniche pourrie à Paris qu'un triplex à Oulan-Bator!

– C'est où, ça?

– Loin.

Ce genre de réponse signifie que papa n'en sait pas plus que moi. Il avait dû voir ce nom sur la vitrine d'une agence de voyages.

– Bon! C'est pas tout ça… Mais après une petite bière, c'est du tabac qu'il me faut!

Il a enjambé la rambarde et a rejoint le quai par la planche qui sert de pont.

– Je reviens !

Papa n'achète jamais de tabac. Système : il récolte une tripotée de mégots, récupère les brins (attention, ne pas mélanger tabac blond et tabac brun !), ensuite, il les roule dans du papier à cigarettes (ça, il achète !).

J'ai joué avec un chat vagabond, pendant que papa filait dans la nuit... Il est revenu une heure plus tard, satisfait.

– Vise ! Un vrai champ de tabac ! Rue de Boulainvilliers. J'en ai pour trois jours !

Il s'est mis à dépiauter ses mégots.

– Heureusement, le caniveau était sec ! Je suis tombé dessus juste comme le type jetait sa quarantième clope par la portière...

– Quel type ? dis-je machinalement en lançant un reste de gésier au chat.

– Celui qui fumait dans la voiture... Devait attendre sa belle. Drôle d'idée quand même, ces lunettes noires à minuit... À propos, si t'allais te coucher ?...

Le lendemain (aujourd'hui), c'était gras, épais, bien noir sur fond gris journal: «Meurtre rue de Boulainvilliers».

Sans hésitation, papa a vidé sa monnaie sur le comptoir de M. Fuch et a pris le journal. Pour moi, il a lu à haute voix (je sais déchiffrer le nom des rues mais pas encore le journal):

L'assassin a encore frappé. Il a étranglé, hier soir, une jeune femme médecin qui revenait de l'hôpital. Le criminel a signé son forfait puisqu'il a utilisé la courroie du sac à main...

– Bon sang! a murmuré papa. Le type aux mégots! Bon sang!... Avec les lunettes noires!...

Il répétait «Bon sang, bon sang!» comme s'il ne savait rien dire d'autre. Je lui ai attrapé la manche.

– Faudrait le dire aux flics...

Il m'a regardé. Je l'ai regardé.

– Tu sais ce que ça voudrait dire... Les flics mettent le nez dans nos affaires, et c'est l'école pour toi, Nanterre pour moi!

Nanterre, c'est la hantise de papa. On vous embarque dans un car de police, on vous rase les cheveux, on vous met tout nu sous le jet d'eau, on vous traite comme à l'abattoir... Papa ne supporterait pas. Papa n'est pas un clochard, il est au chômage. Eux, là-bas, ils n'attendraient pas qu'il ait repris du poil de la bête.

Un jour, on a rencontré Dieu. Dieu, c'est Bourdieu, un clodo, un vrai celui-là, qui traîne à Barbès. Il était sympa, un peu tapé mais sympa. Trois jours, on l'a vu sur le quai de la Motte-Piquet. Il s'est fait prendre. Quand il est revenu, il n'était plus pareil. Encore plus sonné, si vous voyez ce que je veux dire.

– Où t'étais? lui a demandé mon père en fixant la boîte à Valda devant lui tellement il avait peur de regarder Dieu.

– Nanterre... a soufflé Dieu.

C'est tout. Son crâne rasé ballottait en avant, en arrière. Quand il s'est levé, ça ballottait toujours. On n'a jamais revu Dieu.

– Je veux pas aller à Nanterre, continua mon père. C'est un accident, cette histoire... Je cueillais juste des mégots, hein?...

Il était si bouleversé qu'il a évité le colonel Potron-Jaquet et sa Bourse. On a filé jusqu'à la péniche où il m'a raconté :

– C'était un jeune, la trentaine... Bon sang, des lunettes noires quand y'avait même pas de lune!... Je l'ai presque touché... J'étais un peu gêné qu'il m'ait vu ramasser les mégots, mais il avait l'air plus embêté que moi... Il a démarré d'un coup!

– C'était quoi, sa voiture?

– Pas fait attention.

Après un long silence, j'ai dit:

– Quand même, ça les aiderait, les flics, si tu...

– Non.

J'ai réfléchi, réfléchi. Soudain, j'ai sauté en l'air.

– Et si tu écrivais à la police? Sans dire ton nom, tu racontes tout...

Papa a secoué la tête:

– Ils ont des méthodes. Rien qu'en étudiant l'encre au microscope, ils te sortent le nom du stylo, son prix, où il a été acheté... Et avec leurs ordinateurs, maintenant, ils trouvent la couleur des yeux du type qui a écrit...

J'ai soupiré.

– Tant pis! Si on allait faire les courses? Le marché de Passy va fermer.

On a trouvé plein de courgettes. Mais comme papa n'avait pas le cœur à cuisiner, on a juste croqué du pain. Le soir, pareil. Papa n'arrêtait pas de repenser à son assassin.

– Arrête, j'ai dit, arrête de ruminer, tu vas être malade.

Au-dessus de nos têtes, les promeneurs allaient et venaient, le long du parapet. Par-delà la Seine, la tour Eiffel se reflétait dans l'eau. Avec ses étages en guise de maillot, elle semblait une baigneuse géante dressée pour le grand plongeon. Au milieu de Grenelle, la statue de la Liberté levait le flambeau de l'olympiade.

– À Oulan-Bator, y'a sûrement pas autant de péniches, dis-je pour dérider papa.

Des péniches, c'est vrai, il y en a à la queue leu leu, contre la berge. De ce côté-ci, elles sont moches et rouillées. Personne n'y habite. Sauf nous.

La nuit s'est calmée, petit à petit. On en était là, moi à jouer avec le chat, mon père à réfléchir quand, soudain, il y eut un cri.

Des ombres couraient derrière le parapet, sur le ciel de la nuit.

– Ho! Qu'est-ce qui se passe? dit mon père en se redressant.

Les ombres se débattaient dans un beau raffut. Un deuxième cri.

– Aidez-nous! dit une voix de femme.

Par-dessus le parapet, son visage effrayé apparut, disparut.

Une des silhouettes se détacha et dévala l'escalier de pierre. Une autre s'élança à sa poursuite. Dans la cavalcade, il y avait trois personnes: la femme et deux hommes. Mon père sauta la planche, courut sur le quai et se jeta entre les deux types qui se battaient.

– Arrêtez-le! haleta l'un des deux. C'est un voleur...

Le voleur en question gigotait comme un serpent. Il lâcha un sac noir scintillant qui tomba en résonnant sous la voûte du pont. À mon tour, j'entrai dans la bagarre.

Le voleur tordit la main du volé, bouscula mon père qui se retrouva sur le pavé. Le type fonça droit sur moi. J'étais au bord du fleuve et, avant de comprendre ce qui m'arrivait, un paquet d'eau glacée me couvrit la tête. J'arrêtai de respirer.

Quand je revins à la surface, trois visages se penchaient au-dessus de moi. Mon père s'allongea par terre et me tendit la main.

– Ça va? dit-il angoissé. Tiens bon! La Seine est assez haute, attrape!

Il arracha l'écharpe de soie blanche qui pendait aux épaules de son voisin et me la tendit.

Je réussis à me hisser sur la pierre du quai, agréablement chaude et douce après cette douche glaciale.

– Désolé pour votre cache-cou, s'excusa mon père. Il est un peu sale...

– Comment vas-tu, petit? dit l'homme en secouant son écharpe.

Je grelottais.

– B... b... bien!

– Il faut le sécher, avança la dame.

Elle portait une veste de satin, brillante, sur une robe qui montrait juste le bout de ses escarpins dorés. Elle me tendit une main parfumée, aux ongles vernis.

– Le monte-en-l'air s'est fait la malle! dit papa.

– Vous avez été très courageux, dit-elle.

Sa voix aussi était parfumée. Elle eut un frisson.

– Cet enfant va attraper la mort. Vous habitez... là?

Mon père ricana.

– Oui, m'dame.

Elle parcourut la péniche des yeux, avec une drôle d'expression. Comme si on lui avait montré des ruines de bombardements.

– Vous... vous êtes chauffés?

Papa hésita, un peu vexé.

– On se chauffe plus, en juillet!

Elle regarda mon père, me regarda moi, regarda son compagnon, qui se taisait.

– Écoutez, je n'habite pas loin. Votre fils a besoin d'un bon bain chaud. On peut l'emmener, si vous voulez.

– Il sera aussi bien ici! marmonna mon père.

– Vous avez des vêtements secs?

Oui, j'en avais, des vêtements secs. Mais je préférais ne pas les lui montrer. Elle n'aurait pas compris, cette jolie demoiselle à veste de satin.

Mon père me jeta un coup d'œil, il eut pitié de moi. À contrecœur, il dit:

– Si vous dites que ce n'est pas loin, chez vous...

– Charles est en voiture. Il y en a pour une minute jusqu'à la rue des Eaux. Charles vous le ramènera.

– Et notre déposition à la police ? rétorqua Charles qui n'avait visiblement pas envie de s'encombrer.

– Vous témoignerez, n'est-ce pas ? ajouta-t-il.

Papa se rétracta comme un escargot au fond de sa coquille.

– Vous savez... pour ce que j'ai vu !...

– Mais vous...

– Écoutez, fit mon père qui commençait à tout regretter, prenez le gosse, séchez-le et qu'on n'en parle plus.

La demoiselle m'entoura de son bras. À mon oreille, ses bracelets tintaient de tout leur or.

Elle m'entraîna jusqu'en haut des marches, vers la rue. Le type, Charles, suivait.

– Apparemment, son père n'a pas envie de frayer avec la police, dit-il comme si je n'étais pas là.

– Il doit avoir ses raisons... J'ai récupéré mon sac, n'est-ce pas le plus important ? Laissons la police...

La voiture était noire, longue ; l'intérieur, tiède et sentait le cuir cher. Pendant les quatre minutes de trajet, j'appris qu'elle s'était fait attaquer parce qu'il l'avait laissée, le temps de se garer. Le voleur, la croyant seule, s'était jeté sur elle. C'est en repassant (toujours à la recherche d'une place) que Charles l'avait vue se débattre.

– Avec toutes ces histoires, en ce moment... murmura-t-elle.

Installé sur la banquette arrière, je les voyais de profil. Je pensais, à part moi, que jamais je n'aurais laissé ma dame rentrer seule pour garer une voiture. D'ailleurs, si sa bagnole avait été moins gigantesque, il aurait trouvé de la place !

– On arrive, susurra la demoiselle en se retournant.

Ses cheveux blonds caressaient le cuir poli. Elle me sourit. Je me suis demandé quel âge elle avait, mais je n'ai pas pu me répondre. C'est une question que je ne m'étais jamais posée à propos des dames que j'avais rencontrées jusqu'ici.

On s'engouffra dans un hall d'immeuble moderne, tout en vitres, marbre et faux cactus.

La lumière m'a fait mal aux yeux.

– Bon, dit Charles par la portière. Je vais essayer de trouver une place !

Que faisait-il dans la vie, ce Charles, à part chercher une place pour son tank ?

3

L'ascenseur tapissé glissa en l'air et rebondit au septième étage. La demoiselle me précéda dans un couloir moquetté où seuls le frou-frou de sa robe longue et le clapotis de ses bracelets osaient se faire entendre.

L'appartement était immense. Hauts plafonds, couloirs longs, enfilades vitrées. Mes godasses trempées faisaient pouich-pouich sur le dallage de marbre rose.

– La salle de bains, dit-elle en effleurant une porte de velours.

J'entrai, pouich-pouich, et demeurai comme un demeuré, bras ballants, glacé. Il faisait chaud, pourtant.

– Une minute, je branche le radiateur. Les serviettes sont suspendues là... Tu veux du bain moussant?

Elle avait ôté sa veste de satin et se penchait sur les robinets chromés. L'eau jaillit en tonnant (ça m'a libéré des pouich-pouich et j'ai enfin pu marcher sans vergogne). Ça fumait.

Elle me regarda. Son sourire mettait deux trous dans chacune de ses joues. Sa coiffure, imperturbable, s'arrondissait sur ses pommettes, des pommettes lisses comme une coque d'œuf.

– Bon, je te laisse... Vis ta vie!

Une baignoire pareille, j'en avais jamais vu! Deux fois par mois, papa m'emmène aux bains-douches municipaux pour ce qu'il appelle «décrassage». Rien à voir avec... *ça*! Ici, c'était bleu comme la mer de Peter Pan. J'ai vu le film, un Noël, avec Mona (papa avait, ce jour-là, ramassé cinq doses de boîte à Valda. À l'époque c'était une boîte de Pulmoll, mais vous m'avez compris... «On fait la fête!» il avait dit. Et on était allés au cinéma).

Ici aussi, c'était la fête! J'ai plongé dans la baignoire. C'était bon, bleu, crémeux... Le capitaine

Crochet aurait pu paraître avec son crocodile, je ne bougeais pas d'un poil.

J'ai fait le sous-marin. Attention, Nautilus 3 attaque Jaguar X27 : tac tac tac tac... Coulé ! Jaguar, c'était pas un nom pour un sous-marin. J'ai fait le phoque. Hukr ! Hukr ! Hukr ! Chasseur lapon en vue... Harpon rouge, vite, sous l'eau ! Les yeux ouverts... Merde, ça pique, ce bleu... Comment déjà ? Sels de bains. Drôle d'idée, du sel comme dans la soupe... Paraît que la mer, c'est salé... C'est peut-être pour se croire à la mer... Je goûte... Baaah !

On frappe à la porte.

– Tout va bien ? dit sa voix inquiète.

Ben oui, je vais bien. Je ne me suis même jamais senti aussi bien ! Comme un poisson dans l'eau. J'ai fait le poisson. Blop blop blop !

Je suis sorti tout de même. J'avais mis de la flotte partout. Panique ! J'ai attrapé les serviettes azur, j'ai épongé avec. Ce n'était pas fameux. Tout sur les orteils, plus rien dans la baignoire ! J'ai roulé les serviettes en boule, les ai planquées dans un coin.

Après, je ne savais pas comment m'essuyer moi. J'étais couvert de mousse. J'ai pris un peignoir bouton-d'or accroché à la porte. C'était le sien. Son parfum. L'éponge était douce, onctueuse. Ça m'est revenu d'un coup...

Maman. L'éponge. Le parfum. Je suis resté là, tout raide, et je me suis mis à pleurer.

Elle est revenue, de l'autre côté de la porte :

– J'ai trouvé de vieux vêtements. Tout ce que j'ai...

Elle a entrebâillé, sa main s'est faufilée, avec au bout un tas de tissu.

– Entrez pas ! dis-je, terrorisé par le chantier dans la salle de bains.

– Mais non, mais non. Prends-les, j'ai mal au bras...

J'ai pris, j'ai refermé. Des « vieux » vêtements, ça ? Les miens, quand ils sont « neufs », ils ont déjà pas mal cavalé. Aux Puces, je les trouve.

Mais ceux-là... Y'avait encore l'étiquette au col. Je déchiffrai péniblement. Celui qui les portait avait un nom à rallonge. Yves Saint-Laurent, il s'appelait. Vu le fric que ç'avait dû coûter, je comprenais qu'il mette sa griffe !

La chemise était vaste, le pantalon godillait mais, dans la glace, je me suis trouvé aussi beau qu'une publicité.

J'ai ouvert la porte, l'ai refermée très vite en priant pour qu'elle n'aille pas y voir. Tout était désert. Au loin, j'ai entendu de la musique, au piano. À petits pas, j'ai remonté le fil musical.

C'était elle, la pianiste. Elle jouait avec des mouvements comme des vagues, liquides, élastiques. Ça m'a redonné envie de pleurer, mais cette fois, je me suis retenu. Elle s'est tournée. Deux trous dans chaque joue. Elle portait une espèce de pyjama chinois, liquide lui aussi, flottant.

– T'es sorti, ça y est?... Regarde comme il est joli!

Lui, je ne l'avais pas repéré. Charles sortit du fauteuil où il avait sombré.

– Bon, je le raccompagne et je rentre. On se voit demain?

J'ai failli rigoler : chez lui, il devrait encore chercher une place!

Dans la voiture qui filait dans les rues de la nuit, je me suis aperçu que je n'avais même pas remercié la demoiselle pour le bain bleu et les vieux vêtements neufs...

Papa m'attendait. Charles m'avait laissé rue Eugène-Poubelle, juste en face du pont de Grenelle.

– Mince ! dit mon père en me voyant. C'est toi ? Ma parole, tu t'es mis de l'eau de Cologne !

– Des sels de bains, rectifiai-je, un peu vexé.

Et je l'ai regardé. C'est la première fois que je lui trouvais l'air d'un pauvre.

– Tu sais, continua mon père, la dame en satin... Elle l'a échappé belle ! Si son mari...

– C'est pas son mari, il dort pas chez elle.

– Son fiancé, alors... S'il n'avait pas rappliqué, on lui retrouvait le sac autour du cou...

J'ai ouvert des yeux comme des assiettes.

– Pourquoi ?

Mais j'avais déjà compris.

– Le voleur... c'était pas un voleur. Je l'ai reconnu. C'est le type aux lunettes noires. Le tueur.

Les journaux du matin n'annonçaient rien. L'étrangleur, dissuadé par son attaque manquée, était rentré chez lui.

– Tu empestes encore cette eau de Cologne, grogna papa en se versant un bol de café.

Il avait, une fois de plus, fait les frais d'un journal. C'est dire que l'affaire l'intéressait !

– Après tout, c'est un peu mon assassin. Je suis le seul à connaître sa tête...

Je n'ai pas dit que moi aussi, je l'avais vu.

– Justement. Peut-être qu'il n'y aura pas de prochaine victime si tu préviens la police ! dis-je d'un ton peu aimable. S'il tue une autre femme, t'y penses ?... Mon idée d'écrire n'était pas si mauvaise.

Il me leva la tête d'un coup de pouce :

– Tu crois ?

J'avais touché juste.

– Tu crois ? répéta-t-il.

Et il avait l'air si déboussolé que j'ai pris sa main, doucement.

– Cette demoiselle... elle a été gentille... Elle m'a prêté sa baignoire, m'a laissé des habits propres et neufs. Enfin, presque neufs... Si elle avait été tuée ?

Il a hoché la tête en soupirant.

– Bon, j'écrirai... Laisse-moi y réfléchir... Dis donc, qu'est-ce que tu dis ? Elle t'a donné des vêtements ?

Il a mis ses mains sur mes épaules et a planté son regard droit dans le mien :

– Tu les lui rendras, d'accord ? Des affaires, tu en as, je t'en achète...

– Aux Puces...

– Peu importe ! Tu ne traînes pas tout nu. Je suis ton père, je suis responsable, il n'est pas question d'aller mendier.

Il m'a mis hors de moi. J'ai éclaté :

– Pour une fois que j'ai quelque chose qui n'a pas l'air de sortir d'une cave ! Je ne les rendrai pas. Tu peux me faire la leçon, toi qui râles quand les gens ne remplissent pas ta boîte à Valda ! Excuse-moi, mais je vois pas la différence entre accepter du fric et accepter une chemise ! Fais le malin, oui ! Et M. Pétrus ? Il te donne pas sa viande, peut-être ?

Mon père est devenu tout pâle. J'aurais voulu, vite vite, arracher ces vêtements, les rendre à l'instant. Mais j'avais parlé.

– Je t'ai déjà dit que c'était pas pareil. Et M. Pétrus ne me donne pas sa viande. Il jette et je la ramasse. Je fais le travail d'un... oui, d'un éboueur! Voilà ce que j'suis: un éboueur!

Il s'est assis, il a mis sa figure dans ses mains et il a fondu en larmes.

Jamais, je dis bien jamais, je n'ai vu mon père pleurer.

Et lui, comme un écho à ce que je pensais, sanglotait:

– Jamais, jamais tu ne m'as parlé comme ça!...

Je l'ai pris dans mes bras, sans rien dire. Ça me faisait tout bizarre. J'avais l'impression d'être plus vieux que lui, que c'était lui l'enfant.

On est restés silencieux, l'un contre l'autre.

À la fin, j'ai chuchoté:

– Je vais les rendre.

Il a eu un petit sourire et il a dit:

– Je vais écrire à la police.

Lui aussi chuchotait. On chuchotait tous les deux comme dans une chambre de malade.

L'après-midi, papa rédigea sa lettre en tirant la langue. Il y décrivait le tueur, son âge, ses cheveux, ses lunettes, les cigarettes, etc. Finalement, il était content. Il a jeté son stylo (on ne sait jamais, dit-il) et on est allés à la poste, rue Beethoven. À cinq heures, il m'a accompagné rue des Eaux.

– Je t'attends là, dit-il au bas de l'immeuble. Dépêche!

J'avais un peu le trac. J'avais remis mes frusques et, sur la moquette claire du couloir, mon vieux pantalon faisait gris sale. Mais il n'était pas sale, seulement gris et vieux.

La sonnette carillonna joliment. Après un silence, un garçon d'à peu près ma taille vint ouvrir.

– Oui?

– Je... je voudrais voir la demoiselle qui habite ici. Je dois lui rendre... quelque chose.

Son œil m'a inspecté du haut vers le bas, du bas vers le haut. Arrêt sur le pantalon gris sale. Mais il resta très bien élevé et me fit entrer.

– Laure! C'est pour toi.

Devant le salon à grands miroirs, mes chaussures l'ont fait hésiter. Mais il était vraiment bien élevé, et me fit entrer. J'ai attendu la demoiselle. Ainsi elle s'appelait Laure. Comme de l'or.

– Oui? dit-elle en arrivant.

Le même «oui» poli et attentif que celui du garçon. Il y a des «oui» qui se transmettent génétiquement (un mot que j'ai appris du colonel Potron-Jaquet).

– Oh! mon Superman d'hier! fit-elle en riant. Je te présente Stanislas. Et toi? Je ne t'ai même pas demandé ton nom.

Son tailleur bleu lui donnait un air sérieux. Mais elle avait toujours ses deux petits trous rigolos, de chaque côté du sourire.

– Valentin, murmurai-je.

J'ai bafouillé dix secondes avant d'ajouter correctement :

– Je viens vous redonner les vêtements...

– Oh!... Mais ce n'était pas utile! s'exclama-t-elle en jetant un œil au garçon. Stanislas t'en fait cadeau, n'est-ce pas, Stani?

Il ne répondit rien.

– Tiens, je vais préparer un jus de fruits... Tu en veux?

Elle disparut. Je me suis mis à détailler les tableaux, la cheminée blanche. J'ai évité les miroirs.

– Laure n'arrête pas de parler de toi...

– Oh!... fis-je modestement, c'est mon père... C'est grâce à lui qu'elle a récupéré son sac.

– Il est drôlement courageux, ton père, dit-il gravement.

– Et toi, ta mère est épatante! répondis-je dans un élan sincère.

– Ma mère?... Oh, tu te trompes! Laure n'est pas ma mère mais ma cousine (il pouffa). Elle a vingt-deux ans, elle m'aurait eu jeune! J'en ai douze, et toi?

Question piège. Je n'en savais trop rien. Dix, onze, douze, dans ces eaux-là... Ce n'était pas très clair dans mon esprit.

– Quoi, tu ne sais pas ton âge, à ton âge? dit-il ébahi. Mais ton anniversaire, c'est quand? T'es né quand?

Les anniversaires, ce n'est pas ce qui nous préoccupait le plus, papa et moi! Il y a longtemps, à Versailles, je soufflais des bougies, sur un gâteau. Mais c'était loin, je n'y pensais plus. J'ai fermé les yeux, me demandant comment j'allais m'en tirer. Heureusement, Laure est revenue avec du jus rose dans une carafe.

– Du jus de goyave, tu aimes ça?

Je ne savais même pas que ça existait. J'ai dit oui. J'ai bu.

– Euh... Bon, ben, je vous rends les affaires. Et merci.

J'ai fourré le paquet de vêtements dans ses bras.

– Tu es sûr que tu ne veux pas les garder? insista-t-elle.

J'ai secoué la tête. Elle m'a jeté un drôle de regard et a dit merci à son tour.

– Il sait pas son âge! dit tout à coup Stanislas.

Il avait des moustaches rose goyave, ce gros plein de jus. Je l'ai détesté. À ce moment, le carillon de la porte a fait de la musique. Laure est partie ouvrir.

– Hou! fit une voix de femme. Épuisant! J'ai arpenté le Louvre des antiquaires, je n'ai trouvé que cette lampe... Elle est superbe, non?

La femme avait les cheveux blanc-bleu et les joues luisantes.

– Magnifique, maman, dit Laure. Mais on a déjà une tonne de lampadaires!

La mère passa devant moi, sans me voir :

— N'empêche, ce n'est pas pour me passer de la pommade, mais j'ai choisi celle qu'il fallait pour la bibliothèque!

Ça, de la pommade, elle devait s'en tartiner copieusement, vu la couche qui lui beurrait la face!

— Maman, voici le garçon qui est venu à notre secours, hier soir...

La pommadée a dit « Ah bon » et a disparu avec sa lampe. Laure a soupiré. Puis, comme on restait là sans rien dire, j'ai pris mon élan:

— Bon, ben...

La mère reparut:

— Laure, je t'en conjure, viens voir l'effet que ça fait. Ce n'est pas pour me jeter des fleurs, mais...

Voilà pourquoi elle empestait le parfum. Je l'imaginais bien, devant sa glace, en train de s'expédier des fleurs à la figure!

— Bon, ben... redis-je.

Laure m'a ouvert la porte. Sans qu'elle me voie, j'ai tiré la langue à Stanislas et je suis sorti rejoindre papa.

— T'as mis le temps! grogna-t-il. Faut passer au RER remplir la boîte...

Devant la Maison de la Radio, soudain, papa a serré ma main. Très fort.

– Regarde pas, souffla-t-il. Pas tout de suite... Le type assis au café... Avec les lunettes...

Mine de rien, j'ai laissé mes yeux se promener sur les arcades du RER aérien, puis, très doucement, j'ai regardé la terrasse. Elle était pleine de monde, mais au milieu des gens qui buvaient, qui riaient, qui parlaient, des serveurs qui se faufilaient, il y avait un homme. Tout seul. Droit. Qui ne bougeait pas. Qui portait des lunettes fumées.

– Eh ben? chuchotai-je.

Le vertige me prenait. J'avais terriblement chaud.

– C'est lui.

La voix de mon père était inaudible. Il fixait le bout de ses chaussures.

Le tueur. Devant nous. Il buvait de la grenadine. Le tueur.

Il a ôté ses lunettes. Je ne voulais pas le regarder, mais je regardais quand même. Ses yeux étaient très bleus. Il avait l'air aimable. Il souriait.

Un frisson brûlant m'a picoté le cou. Il *me* souriait.

4

– Il nous a reconnus, je te dis qu'il nous a reconnus...

Nous étions sur la péniche. Immobiles. Épouvantés.

– T'es sûr? disait papa sans avoir l'air de comprendre. T'en es sûr?

– Écoute, y'a pas de raison... On le connaît, mais lui aussi, il nous connaît!

Un grand silence. Juste une petite souris, dans un coin, qui grignotait le bois du bateau...

– Va falloir faire gaffe... Il est dangereux, dit papa. Il sait où on habite. On va décamper et aller chez Mona...

– Mona est au Portugal, répondis-je d'une voix lugubre. Tu sais bien qu'elle y est toujours en juillet.

– Mince...

– On peut se trouver une autre péniche... Plus loin, vers l'île Saint-Louis...

Il soupira. Peu probable qu'on en déniche une autre. Celle-ci, on l'avait déjà tellement cherchée!

– Trop tard pour ce soir, dit papa. Mais demain, on s'y met!

– Et s'il vient cette nuit?

– On dort à tour de rôle... On mettra des pavés devant la porte, on enlève la planche... Et demain, on cherche.

Toutes ces histoires nous apportaient une autre tuile: le quartier était quadrillé de flics. On ne peut pas dire que cela nous enchantait. Bien entendu, ils avaient autre chose à faire qu'à surveiller un chômeur et son rejeton, mais enfin, on pouvait tomber sur un zélé qui se poserait des questions sur notre drôle de couple.

On est allés poster la boîte à Valda de l'autre côté de la Seine, quai de Javel. On avait passé la matinée à chercher une nouvelle maison. Port Debilly, port de la Conférence, jusqu'au pont Alexandre-III. Rien. Pas un rafiot. Un marinier nous expliqua que le maire de Paris réhabilitait les berges, en gros, qu'il les «nettoyait» de tous ces bateaux abandonnés. C'était pas la peine d'aller plus loin.

On est revenus démoralisés. Papa essayait de siffloter. Mais il ne sait pas qu'il sifflote toujours quand ça va mal! À Javel, dans le bazar des bétonneuses, des grues et des gravats, la boîte est restée vide. On a quitté cet enfer à sept heures du soir. En plus, il fallait acheter (vraiment acheter) de quoi manger, parce que, avec cette histoire de péniche, on n'avait pas pu «faire le marché».

Et j'avais mal aux pieds.

– Reste là, fiston, dit papa en me laissant chez M. Fuch, le marchand de journaux. J'irai plus vite sans toi.

J'aime bien rester chez M. Fuch. Il me laisse lire les BD. Enfin, je ne lis pas vraiment, je regarde les dessins, sinon ça me prendrait un temps fou. Bien que papa m'ait assuré que c'est en lisant qu'on lit bien, j'ai trop envie de savoir ce qui se passe. Ce que je préfère, le dites à personne, c'est les romans-photos. On comprend tout sans les paroles. Il l'aime, elle l'aime, mais ils ne peuvent pas s'aimer.

– Pourquoi lis-tu cela? dit M. Fuch avec son doux accent yiddish. C'est pour les femmes!

Je sais, il le répète souvent. Mais j'aime bien. D'ailleurs, je ne suis pas le seul, j'ai déjà surpris le colonel Potron-Jaquet en train d'en lire, derrière les étagères de M. Fuch!

J'ai donc «lu» le nouvel arrivage de romans-photos jusqu'à ce que M. Fuch éteigne les lumières:

– Ton père ne va pas trop tarder, j'espère!

Il a baissé son rideau à moitié. Il a fait ses comptes en attendant papa. Je ne savais pas que ça gagnait tant, un marchand de journaux... Quinze fois la boîte à Valda, au moins!

– Tiens, petit, il me reste un journal, prends-le pour ton père, dit M. Fuch de sa voix chantante.

Papa serait content. Les journaux, il accepte. Encore une de ses contradictions, il dit que, de toute manière, ils ne seront plus bons le lendemain. Je ne comprendrai jamais papa. Papa qui n'arrivait pas. M. Fuch était embêté.

– Écoute, petit, je ne vais pas pouvoir attendre. Madame Fuch se demanderait ce qui m'arrive. Elle est un peu malade depuis quelques jours, j'aimerais rentrer tôt...

– Pas grave, dis-je, je vais rester dehors. Au revoir, M. Fuch.

Je l'aidai à tirer son rideau, lui fis un signe de la main et j'attendis sur le trottoir. Pour patienter, je feuilletai le journal. À la page cinq, un dessin m'attira. Un jeune homme blond, avec des lunettes noires. Fébrile, j'essayai de déchiffrer (dix minutes !) les premières lignes : *Portrait-robot de l'assassin du...* (là, il y avait un X, un V, un I, je n'ai pas compris). *Un témoin anonyme décrit le tueur. Une lettre adressée au commissariat de...*

C'était clair. La police avait reçu la lettre de papa. Papa qui n'arrivait pas...

J'ai commencé à avoir peur. Si l'assassin lisait ça, il lui ferait sa fête ! Bon sang ! (dirait papa, papa qui n'arrivait pas).

Je ne pouvais plus attendre. J'ai cherché dans toutes les rues voisines. Pas de papa. Chez M. Pétrus le boucher, chez la concierge du 12, devant l'immeuble de Mme Topart de La etc. Personne.

La nuit d'été commençait à tomber, les rues à se vider. Les magasins fermaient. Peut-être était-il retourné à la péniche... Je suis allé à la péniche. Rien. Aucun bruit.

J'ai gambergé. Jamais papa ne m'avait laissé seul. Il devait y avoir un coup dur. Un accident?... À cette idée, j'ai entendu un drôle de couinement sortir de ma gorge.

Et si... Et si...

Ça, je n'osais même pas y penser. Mais quand un carillon a laissé choir onze coups sur le fleuve, il a bien fallu que j'y pense... Je suis monté sur le pont, respirer l'air tiède de la nuit. Les voitures de la voie express scandaient: Le tueur... Le tueur... Le tueur...

Je suis redescendu m'occuper. J'ai farfouillé dans la caisse d'Évian qui nous sert de buffet. Il restait une boîte de thon. On n'a jamais pu l'ouvrir parce qu'on n'a pas d'ouvre-boîtes. J'ai pris un écrou d'amarrage et j'ai tapé comme un cinglé. La boîte de thon fut salement amochée. Mais resta close.

Alors, je suis remonté sur le pont. J'ai attendu dans le noir. Sans bouger. Les yeux rivés sur le parapet. Je suis resté là, la tête vide, fondu dans la nuit, comme ces poteaux d'ancrage enchaînés à la rive.

Le carillon m'apprit qu'il était une heure du matin. Il s'est mis à pleuvoir dans le ciel plein d'étoiles. Mais je n'étais pas mouillé. Ça me coulait juste sur la figure, ça glissait sur ma bouche, c'était salé, ensuite, ça gouttait sur mes mains.

La nuit était aussi calme que moi. Silencieuse. Un peu plus loin, devant, une péniche vide grinça. Elle tanguait, se balançait. Pourtant, il n'y avait pas de vagues.

Il y avait quelqu'un dessus. Une ombre sortit de l'ombre. Un voisin... Dommage pour lui, on avait loué la plus belle...

Non, c'était anormal. L'ombre se cachait, glissait sans lumière. Je suis bien placé pour savoir qu'il n'y a rien de plus noir qu'un ventre de péniche dans le noir. Et là, il n'y avait pas la moindre flamme de briquet ou d'allumette.

La péniche grinça plus fort. L'ombre reparut, courbée en deux, découpée sur la toile de fond, très au fond, de la Maison de la Radio illuminée.

Je n'ai pas bougé. La silhouette a bondi sur le quai. Le type avançait vers moi, en contre-jour de la Maison de la Radio. Quand il est arrivé tout près, le ciel m'est tombé sur la tête.

Il marchait à pas de loup, les mains dans les poches de sa veste. À sa chemise, accrochée par la branche, je vis une paire de lunettes de soleil.

5

Je n'ai pas réagi tout de suite. J'étais glacé comme une statue de pierre. À son pas de velours, j'ai compris qu'il ne m'avait pas repéré, planqué que j'étais derrière ma cabine. Il s'arrêta une seconde.

Il regarda autour puis, souple et silencieux, il enjamba le gué. La péniche oscilla légèrement mais j'en ressentis le roulis dans mon corps tout entier, comme si l'homme m'avait touché.

Je me suis aplati. Je l'ai senti descendre à l'intérieur. Pendant un très long moment, il n'a plus bougé. Enfin, j'entendis ses pas aller et venir. Maintenant, il faisait du bruit parce qu'il venait

de découvrir qu'il n'y avait personne en bas...
La péniche trembla. Le tueur sortit.

Il prit la direction de la planche, lentement. Brusquement, il fit volte-face, comme un chien qui respire le vent. Il a marché vers moi.

Je n'ai pas attendu, je me suis rué de l'autre côté de la cabine. Il a eu une espèce de glapissement et je l'ai senti derrière moi. La péniche résonnait, balançait avec des bruits de tambour.

Une seconde, j'ai senti l'haleine de l'homme sur mon cou. J'ai perdu la tête et j'ai plongé.

Dans la Seine.

L'eau froide m'a coupé le souffle. J'ai presque perdu connaissance. Quand le fleuve s'ouvrit sur moi, il y avait le ciel. Et devant le ciel, l'homme. Il était resté sur le bateau. Je me suis mis à hurler. Ça m'a fait boire un goût d'huile et d'essence. J'ai hurlé sans m'arrêter, mais la rumeur de la voie sur berge couvrait ma voix. Personne ne vint.

Le type n'était plus devant le ciel, il avait disparu dans la nuit. J'ai nagé dans le sens du courant. J'ai touché le talus qui borde l'allée des Cygnes, juste sous la statue de la Liberté qui, jamais, ne me parut plus lumineuse, plus grande, plus belle !

L'allée des Cygnes est une île mince, au milieu de la Seine. C'est un long chemin étroit qui s'étire sur les eaux, sous une voûte de verdure. Elle ressemble à une péniche, d'ailleurs, qui aurait la Liberté en proue et la Victoire en poupe. Pour l'heure, la verdure me gelait. J'avais des envies de couvertures chaudes, de chocolat brûlant, de bras moelleux...

Au bout de l'allée, j'ai escaladé péniblement les marches qui s'envolent vers Bir-Hakeim.

Mes vêtements mouillés pesaient triple. Un gros rat m'escorta jusqu'en haut, rebroussant vite chemin devant le flot de voitures.

Un endroit curieux, ce pont Bir-Hakeim ! Tout y semble suspendu : le pont au-dessus de la Seine, le métro au-dessus du pont, la passerelle-jambe-de-bois levée sur l'avenue Kennedy, la tour Eiffel qui grimpe aux nuages, les immeubles qui s'accrochent à la colline de Passy comme des araignées sur un mur...

J'ai traversé les arcades de Passy, coupées par le square d'Alboni. Je me suis retrouvé rue des Eaux.

Je ne pense pas que je voulais vraiment y aller. Mais le fait est que j'y allais.

Dans le hall de l'immeuble, déjà, je me sentais à l'abri. L'ascenseur m'emmena à l'étage que je connaissais. J'ai sonné.

J'ai sonné deux fois.

– Oui ? dit la voix de Laure derrière la porte.

– C'est moi.

Elle ouvrit. Ses yeux bleus brillaient de surprise.

– Qu'est-ce que tu fais là ? chuchota-t-elle. Tu sais l'heure qu'il est ?

Aucune idée. Très tard sûrement.

– Entre. Marche doucement, maman et Stanislas dorment.

Inévitablement, mes chaussures se mirent à faire pouich-pouich. Air connu. Le dur contact du marbre rose et des baskets mouillées.

– Qu'est-ce qui t'est arrivé ?

– Je suis tombé dans la Seine.

Là, elle rit franchement.

– Air connu ! dit-elle (et j'étais content de nous voir sur la même longueur d'onde).

– Il faut te sécher. Va dans le salon, il est insonorisé à cause du piano, on pourra parler à l'aise...

Pour la nuit, elle avait tressé ses cheveux. Ça tenait avec deux élastiques et lui donnait l'air tout jeune.

Re-pouich-pouich et je fus dans le salon. J'avais déjà nettement plus chaud. Elle s'éclipsa et revint avec le peignoir bouton-d'or, une serviette éponge et une tasse de lait chaud. Tout ça sans avoir l'air débordée, tranquille, efficace.

– J'ai vu l'étrangleur, dis-je.

Elle me frictionna la tête, ferme et impassible.

– Ton père est sur la péniche ?

– Papa s'est fait la malle.

Et j'avais du chagrin d'avouer cela.

– Le type de l'autre jour, le voleur... C'est lui, l'assassin du 16e. Mon père l'a reconnu... Alors ce soir, il a eu peur et il m'a laissé chez M. Fuch... Je l'ai pas revu...

– Ton père est courageux, répliqua-t-elle, catégorique. S'il s'est absenté, il devait avoir ses raisons.

Voilà ! Je lui annonçais qu'elle avait failli se faire trucider par un maniaque et elle demeurait calme, paisible, continuait à me frotter le crâne et à sentir bon.

– Bien, dit-elle quand elle eut fini. Et maintenant, comme je ne comprends rien, tu vas tout me raconter...

Ce que je fis. Un peu en désordre car j'avais la cervelle azimutée. Mais elle reconstitua le puzzle. À la fin, elle hocha la tête :

– Je vois.

Elle m'observa un moment, songeuse. Elle avait un teint de crème fraîche.

– Bon, tu vas te changer. Les vêtements que tu as rendus sont toujours dans la salle de bains... Tu as faim?

Sans attendre la réponse (c'était oui), elle m'apporta du pain, du fromage et un drôle de petit couteau à deux pointes.

– À quoi ça sert?

– Un couteau à fromage, dit-elle distraitement.

Drôle d'idée, ce truc spécial-camembert! Mon père, il étale sa Vache-qui-rit avec l'Opinel qui pèle les oranges, taille les côtelettes et sa barbe.

– Quand tu auras fini, on va aller trouver la

police. Tu témoigneras. Il est urgent de coffrer cet individu !

La police. Nom d'un petit bonhomme ! La police ?

– La police ? répétai-je, l'air idiot. Mais non... Mon père a envoyé sa lettre...

– Oui, mais là, tu as manqué y passer aussi. Crois-moi, si on ne l'arrête pas, il tuera encore !

Elle se pencha et murmura :

– Peut-être qu'en ce moment même... Que veux-tu qu'on te fasse ? Tu n'as rien à te reprocher, n'est-ce pas ?...

Elle ajouta, encore plus doucement :

– Je viens avec toi... Tu dois y aller, c'est ton devoir...

Le genre de voix gentille mais résolue. Je suppose que c'est avec des voix comme ça que les mamans se font obéir.

J'obéis. Je pris d'abord une douche chaude (là, je n'ai pas traîné, elle m'attendait de pied ferme devant la porte), j'enfilai les vieux vêtements neufs et, propre, peigné, je la retrouvai. Elle avait mis ses yeux et son tailleur bleus de fée.

Dans la rue, il n'y avait pas un chat. Les réverbères jetaient de petits halos jaunes sur les façades. Nous sommes arrivés au commissariat de permanence, avenue Mozart. La main de Laure, impérieuse, prit la mienne. Et nous sommes entrés.

– Oui? susurra un policier blond.

Le fameux «Oui?» 16ᵉ arrondissement. Il posa le magazine qu'il feuilletait.

– Oui? répéta-t-il pour qu'on s'imprègne bien de la musique onctueuse du mot.

– C'est urgent. Nous voudrions le commissaire, dit Laure de sa voix de maman, ferme et douce.

– Il a terminé son service... C'est pour quoi?

Posément, de la manière dont elle aurait parlé de la pluie et du beau temps, Laure expliqua.

Bouche bée, l'autre la fixait. Enfin, il prit un téléphone.

– Bernard? Viens ici deux secondes...

Patiemment, Laure réexpliqua à Bernard, un flic tout rond.

– C'est très important, mademoiselle... Mais pourquoi n'avoir pas porté plainte le soir de votre agression?

– Vous comprenez, il ne m'avait rien volé... Grâce au père de ce jeune garçon, d'ailleurs...

Il me scruta. Je baissai les yeux.

– Et... qui est ce jeune garçon ?

Je lançai un coup d'œil à Laure. Imperturbable, elle dit :

– Un voisin. Il vit seul avec son père.

– Pourquoi son père ne vient-il pas témoigner, lui aussi ?

– Eh bien, il est souffrant et n'a pu se déplacer... Mais nous suffisons amplement, n'est-ce pas ?

– Mmmmh... Suivez-moi.

Dans son bureau, il s'installa à sa machine et posa des questions. J'appris ainsi que Laure s'appelait Laure Beauregard. Ce qui tombait bien pour elle.

Après, il changea de feuille, se tourna vers moi et m'interrogea. J'ai dit mon nom puis :

– Ton âge ?

– Onze ans. (Je n'ai pas dit que ce n'était pas sûr.)

Au moment de l'adresse, Laure est venue à mon secours :

– La même que la mienne.

Et il a fallu décrire l'assassin.

Est-ce que j'avais vu ses yeux? Son visage? Un signe particulier? Dans quelles circonstances? («Quand?» traduisit Bernard, voyant que je ne pigeais pas «circonstances».)

– Cela correspond au portrait-robot diffusé dans la presse... murmura-t-il.

Là non plus, je n'ai pas précisé que, vu que c'était mon père l'auteur, c'était normal que ça corresponde! Laure s'est tue elle aussi.

– Eh bien, merci mademoiselle, dit-il en se levant. Nos recherches vont se préciser. Je transmets ça à la brigade criminelle et nous mettrons la main sur lui...

Il nous a secoué énergiquement les mains.

– Voilà qui est fait! dit Laure, une fois dehors.

Elle m'avait pris la main et la balançait au rythme de nos pas.

– Je sais ce que nous allons faire, maintenant, dit-elle en souriant. On va voir si ton père est revenu à la péniche. Et s'il n'est pas là, eh bien, nous aviserons...

Elle avait raison... Brusquement, je me suis imaginé papa, seul, se demandant où j'étais...

l'étrangleur qui rôdait... J'ai accéléré le pas. Laure a deviné et s'est mise à courir aussi.

Mais papa n'était pas là. La péniche était vide et tout se trouvait comme je l'avais laissé : la boîte de thon cabossée, l'écrou d'amarrage... Il n'était pas revenu.

– On va lui mettre un petit mot, dit Laure.

Elle s'assit sur la pierre de la berge, sans souci pour son tailleur bleu. Avec son petit air décidé, ses cheveux qui volaient au vent du fleuve, elle semblait aussi inattaquable que la statue de la Liberté, en face.

– Voilà, dit-elle. On va poser ça ici, et toi tu vas venir dormir à la maison. Il n'est pas question que tu restes seul.

Retour rue des Eaux. Elle me donna un pyjama de Stanislas et m'installa dans une pièce, au fond de l'appartement (vraiment grand, cet appartement, le colonel Potron-Jaquet pouvait aller se rhabiller avec ses six caves!).

– C'est la chambre d'amis. Tu y seras tranquille. Bonne nuit, Valentin.

J'étais un ami. Elle se pencha, me borda et m'embrassa sur le front.

– Bonne nuit, Laure.

Elle a éteint. J'ai dormi immédiatement. Je ne savais pas que j'étais si fatigué.

6

La porte s'est ouverte. Il faisait jour. Stanislas se tenait devant moi :

– Tu ne te lèves pas ? Il est neuf heures ! On sert le petit déjeuner.

J'ai marmonné «oui-oui» et je me suis habillé à toute vitesse.

– Tu ne te douches pas avant ? dit Stanislas.

Mince ! Un bain et une douche en deux jours, ça ne suffisait pas ? Plus les plongeons dans la Seine... J'en avais pour un mois, là !

J'ai dit «oui-oui» et pris un bain en prenant garde de ne pas faire piscine, cette fois. Stanislas m'attendait à la sortie. Il jeta un regard critique sur le sol de la salle de bains.

Laure mangeait avec sa mère (la dame aux cheveux bleus).

– Je trouve que Ganache ne se mouche pas du pied! disait la mère. Il exagère!... (Elle me vit.) Tiens! notre petit d'Artagnan! Passé une bonne nuit?

J'ai fait «oui-oui» en me demandant qui étaient ce d'Artagnan et ce Ganache acrobate qui se mouchait avec le pied. L'odeur du pain grillé a dévié mon attention. Je me suis assis timidement.

– Mange donc! dit Stanislas. Y'a de la compote et même des... (Il prononça un mot difficile qui désignait les flocons de maïs dans du lait.)

Je mangeai donc. Je sus ainsi qu'il existait non seulement des couteaux à fromage mais aussi des couteaux à beurre, à pain... Et des cuillers à thé, à café, à confiture... Un sacré bazar.

– Je dois aller répéter ce fichu concerto à Gaveau, dit Laure. Stanislas, tu veux bien raccompagner Valentin chez lui?

Je n'avais absolument pas envie de me coltiner ce Stanislas. Mais je restai poli. Laure a enfilé une veste rose, a dit «Oh mon Dieu, je suis en retard!», a embrassé sa mère, a embrassé Stanislas, m'a embrassé moi, comme si j'étais de sa famille. Et elle est partie.

– Laure est pianiste, elle donne des concerts, dit Stanislas en piochant une lampée de confiture directement dans le pot. Dis donc, tu habites où?

– Sur une péniche.

Ses yeux s'ouvrirent rond:

– C'est vrai? La chance!...

En chemin, il m'a posé des questions:

– Elle est comment?... Tu navigues dessus? Tu vois du pays?

Je n'osais pas contrarier ses rêves, mais questions pour questions, je lui ai demandé s'il était riche.

– Ben... ça va, répondit-il, surpris. Ça dépend ce que tu appelles «être riche»...

– T'as une maison? Un radiateur à thermostat? Une salle de bains? Une cuisinière? Tout ça...

Je répétais ce que papa promettait depuis... si longtemps.

Stanislas eut l'air encore plus surpris.

– ... Oui, on a tout ça... Mais ce n'est pas ça «être riche»!... Mes parents ont un ami, il a cinq voitures, dix-huit chambres et un avion...

Il m'énervait. Du tac au tac, j'ai dit :
– Mon père connaît un colonel, il a six caves !
– Six caves ? À quoi ça lui sert ? Ça sert à rien, des caves !
– Pourtant, il en parle sans arrêt de ses six caves...

Il a froncé les sourcils. Il s'est mis à rigoler comme si j'étais un crétin. Il faisait «Ho! Ho!» en se tenant le ventre.

– Six caves! Ho! Ho! Mon père aussi il en a, des SICAV... Ho! Ho!... C'est des trucs à la Bourse!...

J'aurais bien allongé une tarte dans sa face d'imbécile. Et dans la mienne, par la même occasion. J'étais idiot. Ce Stanislas, il en savait des choses!...

Sans réfléchir, j'ai demandé tout à coup :
– Tu vas à l'école ?

Alors là, il s'est arrêté de rire, comme si je l'avais frappé.

– Bien sûr que je vais à l'école... Tout le monde va à l'école!

– Est-ce que t'apprends des trucs par cœur ? Et si tu sais pas, est-ce qu'on te bat ?

– Comment ! Tu sais pas comment c'est, l'école ?

À voix basse, j'avouai n'y avoir jamais mis le nez. Il était sidéré ! Il m'a expliqué que lui, il allait au collège, il apprenait l'anglais, il faisait des expériences (il raconta qu'un jour, des élèves avaient fait sauter le labo de chimie. Ça avait fait une fumée du tonnerre, le prof en avait piqué une crise de nerfs.)

– Il hurlait, par terre. Il piétinait ses lunettes. On était morts de rire ! (Il redevint sérieux.) Alors, c'est vrai ça ? Tu n'es jamais allé à l'école ?

J'ai secoué la tête. Jamais jamais.

– Tu sais pas lire ?

– Un peu. Les noms de rues.

– Un vrai livre, t'en as jamais lu ?

J'ai encore secoué la tête. Non. Non.

– Eh ben !... Eh ben !...

On arrivait à la péniche, il disait toujours «Eh ben, eh ben !»

– Si tu veux... commença-t-il, je suis à Paris pour deux semaines... Je suis en vacances. Viens me voir chez Laure, je t'apprendrai un peu.

J'ai dit oui, peut-être. Je lui ai serré la main et je l'ai laissé. Finalement, il n'était pas si antipathique.

Sur la péniche, j'ai d'abord cru qu'il n'y avait personne. Puis quelqu'un a toussé. Je me suis retourné. J'ai reconnu le vieux manteau avant de le reconnaître, lui. C'était mon père. Et en même temps, ce n'était pas mon père. Il était ratatiné dans un coin sombre. Il n'avait plus de cheveux.

– Papa! criai-je. Papa!

Il m'a regardé sans me voir. Il claquait des dents.

– Papa... Qu'est-ce que t'as fait? Où tu étais?

Mais il ne pouvait pas parler. J'ai attrapé le duvet et je l'ai enroulé dedans. J'ai fait chauffer de l'eau sur le Camping-gaz. Mais il n'y avait rien à mettre dans l'eau chaude. Plus de café. Je me sentis coupable d'avoir si bien mangé chez Laure.

Il a bu l'eau-sans-rien. Il a arrêté de claquer des dents.

– T'es arrivé quand?
– Tout à l'heure.
– Où t'étais passé, tout ce temps? Pourquoi tu m'as laissé seul?

Il a montré son crâne rasé. Nanterre!

– Hier, ils m'ont embarqué...

Nanterre. Oui, je me rappelais Dieu, Bourdieu, le clodo. Mon père avait la même expression. Nanterre. L'enfer.

– Qu'est-ce qu'ils t'ont fait, papa?

Il n'a rien dit. Il ne dirait rien. On peut pas raconter l'enfer. J'ai fixé mes chaussures.

– Écoute, dis-je. Écoute... C'est fini... Je suis là... N'y pense plus... Tu veux que je te raconte comment ce sera quand tu auras repris du poil de la bête?... On aura un jardin devant la maison... Tu planteras des carrés de petits pois et moi, j'aurai un cerisier... Un chien aussi... Pour l'hiver, y'aura un radiateur à thermostat. Non, deux radiateurs: ce sera une grande maison... Avec une salle de bains... du marbre rose par terre et de l'eau chaude qui sortira toute bleue des robinets... Des serviettes qui sentiront les fleurs...

J'ai arrêté de parler. La salle de bains que je voyais, c'était la même que chez Laure... J'ai soupiré. On est restés longtemps à regarder le plancher de la péniche, accroupis, mon père et moi. Je me suis glissé sous le duvet, contre lui. J'ai senti qu'il se réchauffait.

Il eut même un sourire. Un petit, mais un sourire.

– Tu as raison, Valentin... Il faut faire comme si ça n'avait jamais existé...

J'ai soupiré. J'étais content. Mais pas si content que ça.

– C'est le marché d'Auteuil, aujourd'hui... dit mon père.

J'ai dit oui.

– Doit y avoir plein de cerises...

J'ai dit oui.

– Qu'est-ce que tu as, Valentin?

Je suis sorti de dessous le duvet.

– Papa...

– Quoi?

– Papa... je crois... je crois que ça me plairait d'aller à l'école...

Il m'a serré, a remis le duvet autour de moi, son bras autour du duvet.

– Qu'est-ce que tu dis?

J'ai jeté le duvet et je me suis levé.

– J'ai envie d'être comme les autres... d'aller à l'école...

À son tour, il s'est levé. Nous sommes allés sur le pont où le soleil de juillet grimpait dans le ciel.

– Tu sais ce que ça veut dire, hein, fiston...

– Oui.

– Et tu veux y aller quand même... Pourquoi, fiston, pourquoi? On n'est pas bien tous les deux? Sans comptes à rendre à personne?

– Si... mais j'ai envie d'aller à l'école...

– ...

– ... D'apprendre à lire, vraiment lire... Apprendre l'anglais, faire des expériences de chimie... Écrire...

Je l'ai regardé. Et je me suis mis à pleurer.

Épilogue

Le soir même, les journaux titraient :
L'ÉTRANGLEUR A ÉTÉ ARRÊTÉ !

Le père de Valentin acheta le journal. Il y avait la queue chez M. Fuch, mais M. Fuch eut le temps de lui glisser :

– Dites... J'aurais besoin de quelqu'un pour m'aider. Madame Fuch est malade... Si vous entendez parler de quelqu'un...

Le père de Valentin répondit qu'il verrait. Il emporta son journal et lut à Valentin :

Grâce au portrait-robot et à la description d'un jeune témoin, l'étrangleur de Passy est enfin sous les verrous. Voir page 5.

Le lendemain, Valentin alla chez Laure Beauregard. Stanislas lui apprit à pianoter sur son ordinateur portable, puis il l'exerça à écrire son prénom : V.A.L.E.N.T.I.N. Ce n'était qu'un début. En quinze jours, Valentin put déchiffrer deux lignes, non plus en dix minutes mais en quelques secondes.

Le lendemain également, le père de Valentin se présenta à la boutique de M. Fuch et, très solennel, lui dit :

– M. Fuch, j'ai trouvé quelqu'un... Moi !

C'est ainsi que, tout l'été et même après, quand il se mit à fréquenter l'école, Valentin put lire tous les livres qu'il voulait !

Du même auteur

Aux éditions Syros :

Embrouille à minuit, «Souris noire», 2005

Et de nombreux titres à l'École des loisirs, dont :

Minuit-Cinq, 2002

Les Quatre Sœurs, 2004

Aggie change de vie, 2009

L'auteur

Malika Ferdjoukh est née en Algérie, au bord de la Méditerranée, et vit depuis toujours, ou presque, à Paris. Étudiante, elle a parfois séché la Cinémathèque pour suivre des cours à la Sorbonne. Il lui arrive encore de sécher le cinéma pour écrire.

Les livres de sa vie sont : *Oui-Oui va à l'école*, et *Le Comte de Monte-Cristo*. Elle déteste les bouquins assommants et les ateliers d'écriture.

Dans la collection
Souris noire

En noir et or
Claudine Aubrun

*La Disparue
de la 6ᵉ B*
Stéphanie Benson

Une Épine dans le pied
Stéphanie Benson

*L'Inconnue
dans la maison*
Stéphanie Benson

*Le Mystère
de la tombe Gaylard*
Marie-Claire Boucault

*Les Gothiques
du Père-Lachaise*
Serguei Dounovetz

*Le Marabout
de Barbès*
Serguei Dounovetz

*Le Rap de la
Butte-aux-Cailles*
Serguei Dounovetz

*Nuit d'angoisse
à l'île aux Oiseaux*
Jeanne Faivre d'Arcier

*Traque
sur la presqu'île*
Jeanne Faivre d'Arcier

Nano
Dominique Forma

L'Assassin de papa
Malika Ferdjoukh

*L'Afrikaner
de Gordon's Bay*
Caryl Férey

Alice au Maroc
Caryl Férey

*La Dernière Danse
des Maoris*
Caryl Férey

Lambada pour l'enfer
Hector Hugo
*(sélectionné par le ministère
de l'Éducation nationale)*

Une incroyable histoire
William Irish
*(sélectionné par le ministère
de l'Éducation nationale)*

Un cri dans la forêt
Marin Ledun

Il va venir
Marcus Malte

*Aladdin et le crime
de la bibliothèque*
Marie et Joseph

*Les Aventures
de Cornin Bouchon*
Marie et Joseph

Le Roi des menteurs
Patrick Mosconi

*Wiggins
et le perroquet muet*
Béatrice Nicodème
*(sélectionné par le ministère
de l'Éducation nationale)*

*Wiggins
et la ligne chocolat*
Béatrice Nicodème

*Wiggins
chez les Johnnies*
Béatrice Nicodème

*Wiggins
et les plans de l'ingénieur*
Béatrice Nicodème

*Wiggins et Sherlock
contre Napoléon*
Béatrice Nicodème

Dans le grand bain
Jean-Hugues Oppel

Ippon
Jean-Hugues Oppel
*(sélectionné par le ministère
de l'Éducation nationale)*

Nuit rouge
Jean-Hugues Oppel

Tigre ! Tigre ! Tigre !
Jean-Hugues Oppel

*Il y a quelqu'un
dans la maison*
Serge Quadruppani

Une affaire d'adultes
Thierry Robberecht

*La Mémoire
kidnappée*
Thierry Robberecht

*Le Portrait
de Leonora*
Thierry Robberecht

*La Cabane
au fond du chantier*
Christian Roux

*Les Maisons
aux paupières crevées*
Christian Roux

Les Bizarres
Valérie Sigward
*(sélectionné par le ministère
de l'Éducation nationale)*

Le Détective du Palace Hôtel
Romain Slocombe

Détective sur cour
Romain Slocombe

Le Faux Détective
Romain Slocombe

Loi n° 49 956 du 16 juillet 1949
sur les publications destinées à la jeunesse

Mise en pages : DV Arts Graphiques à La Rochelle
N° d'éditeur : 10193870 – Dépôt légal : mars 2013
Imprimé en France par Jouve - N° 2061921M